BIG KOROTAN

イラストストーリー
妖《よう》怪《かい》ウォッチ®
〜新妖怪登場!の巻〜

原作・監修 レベルファイブ
絵 あさだみほ
文 福田幸江

登場《とうじょう》人物《じんぶつ》&《アンド》妖怪《ようかい》しょうかい

ケータ

小学五年生《しょうがくごねんせい》のふつう…の男《おとこ》の子《こ》。ある日《ひ》、ウィスパーから妖怪《ようかい》ウォッチをもらったことで、妖怪《ようかい》が見《み》えるようになり、ふつうではない日常《にちじょう》をおくることになる。

ジバニャン

道路《どうろ》で車《くるま》にはねられて死《し》んでしまったネコの、地《じ》ばく霊妖怪《れいようかい》。死《し》んだ場所《ばしょ》で車《くるま》と戦《たたか》ってばかりいるところをケータに妖怪《ようかい》ウォッチで発見《はっけん》され、ともだちになった。

ウィスパー

なぞのガシャガシャマシンに閉《と》じ込《こ》められていたところをケータに解放《かいほう》してもらった。そのお礼《れい》にわたしたのが、妖《よう》怪《かい》ウォッチ。妖怪《ようかい》にくわしい妖怪《ようかい》しつ事《じ》を名乗《なの》るが妖怪《ようかい》パッドは手放《てばな》せない。

目《もく》次《じ》

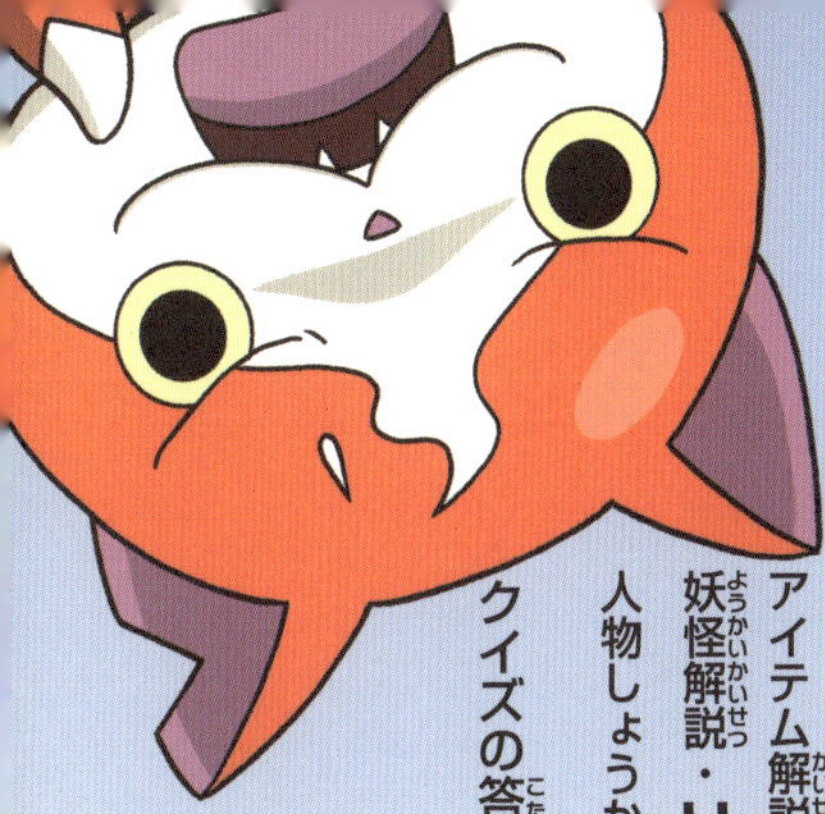

1 うらやまスイ〜妖怪《ようかい》

ある朝《あさ》、ケータくんが登校《とうこう》しようと2階《かい》から下《お》りてきたときのことです。

「また太《ふと》っちゃった。ハァ〜」

お母《かあ》さんのつぶやきに、ケータくんが

「うらやまスイ〜！」

と、とつ然声《ぜんこえ》をあげたのです。

げん関《かん》では、ウィスパーの

「私《わたくし》の妖怪人《ようかいにん》気《き》

ランキングが低《ひく》い…」

というグチにも

「うらやまスィ〜！」
と、言《い》うのです。
そして通学路《つうがくろ》では、
みぞに落《お》ちてあわてている人《ひと》を見《み》て、
「うらやまスィ〜！」
学校《がっこう》ではち刻《こく》したクマくんを見《み》て、
「うらやましすぎ〜」
さらには
「ウィスパーもいいよな、ウザイ
とか言《い》われて。ジバニャンだって
いいよ、体《からだ》が赤《あか》くてさ〜」
ケータくんはなんでもうらやましがるのです。

さすがにケータくんがおかしいと思《おも》ったウィスパーとジバニャンは、妖怪《ようかい》ウォッチで照《て》らしてみました。

すると、やはり妖怪《ようかい》がいました。

ウィスパーが妖怪《ようかい》パッドで調《しら》べます。

「うらやましろう。人のやることが、うらやましくみえちゃう妖怪《ようかい》です！　このままではケータくんは学校《がっこう》でめんどうなヤツ、あるいは暗《くら》いヤツというキャラになってしまいます」

するとジバニャンがしかたなさそうに、

「じゃあ、オレッチの百烈肉球《ひゃくれつにくきゅう》で追《お》っぱらうニャン！」

うらやましろうにこうげきをしかけたのです。

ジバニャンにボコボコにされ、うらやましろうはたおれこんでしまいましたが、

「プププ…、うらやまスィ〜」

なぜかうらやましがるのです。

「効《き》いてニャイ？」

「痛《いた》いですよ、十分《じゅうぶん》。いいですよねぇ、そんなにはやく手《て》を動《うご》かせて、うらやましすぎ」

うらやましろうはうれしそうに言《い》いました。

すると、ウィスパーがあせり始《はじ》めました。

「なんでもうらやましがっちゃうだけに、こちらが何《なに》をしても逆効果《ぎゃくこうか》!?　うらやましがられるだけ!?」

「ニャンで、なんでもうらやましーニャ？」

不思議《ふしぎ》がるジバニャンがつめよると、

うらやましろうはなやみを話《はな》し始《はじ》めました。

「うらしま太郎《たろう》は有名《ゆうめい》で人気者《にんきもの》だけど、ボクはそうじゃないですし！　名前《なまえ》が似《に》てるってだけで比《ひ》かくされて、名前《なまえ》さえ似《に》てなければ比《くら》べられることもなかったのに～!!」

うらやましろうは落《お》ちこんでしまいました。

「たしかに、うらしま太郎風《たろうふう》ですね～」

すると、ケータくんがうらやましろうを見《み》て、

「つらいよね、名前《なまえ》が似《に》ているだけで比《くら》べられるなんて、うらやましすぎ」

またまた、うらやましがったのです。

「そうでしょ、そうでしょ！」

喜《よろこ》ぶうらやましろうに、ウィスパーが

「アナタもカメとか助《たす》けて、

いいことをしたらどうです？」

厳《きび》しい提案《ていあん》をしましたが、

「それはちょっとめんどうくさいです」

うらやましろうは、うらやましくても

努力《どりょく》はしたくないようです。

「努力《どりょく》できるヤツってうらやまスィ〜」

ケータくんがうらやましがりました。

「もう、ほっとくニャン！」

うらしま太郎《たろう》クイズ

うらしま太郎《たろう》が海《うみ》の中《なか》で出会《であ》ったおひめさまは次《つぎ》のうちだれかな？（答《こた》えは 111 ページ）

①人魚《にんぎょ》ひめ　②かぐやひめ　③おとひめ

ジバニャンの言葉《ことば》にあせり始《はじ》めるウィスパー。
「でも、これじゃケータくん、うっとうしいまま。とにかく妖怪《ようかい》を呼《よ》び出《だ》しましょう!」
「だれかテキトーに呼《よ》び出《だ》すニャン!」
あわてるジバニャン。

「テキトーに呼《よ》び出《だ》されるとかうらやましすぎ〜!」
ケータくんはうらやましがりつつもテキトーにメダルを

コマじろう

選《えら》んでコマさんを呼《よ》び出《だ》しました。
「こんにちわズラ。
オラも来《き》たズラ」
「あれ？　弟《おとうと》のコマじろうも
ついてきちゃったよ？」
つぶやくウィスパー。
「コマさん、コマじろう！　二人《ふたり》で
あいつを追《お》いはらってほしいニャン！」
「わかったズラ。やってみるズラ。ね、兄《にい》ちゃん！　あれ!?」
いきなりコマさんは、うらやましろうの周《まわ》りをグルグルと回《まわ》り
「そのちょんまげ、カッコいいズラ！　うらやましいズラ〜」
うれしそうにうらやましろうをホメていました。

するとどうしたことかコマさんの
ホメ言葉《ことば》に、うらやましろうが1歩《ぽ》
後《うし》ろに下《さ》がったのです。
「はなれたニャン！」
ジバニャンがつぶやきました。
「はなれましたね」
ウィスパーも気《き》がついたようです。
「ホメられるのになれてないズラね」
コマじろうも
気《き》がついたようです。
「もんげ～！　そのこうら、
すごいズラ！　かたそうズラ～！」

こうら めいろ

スタートからこうらを通《とお》って
ゴールを目《め》ざそう！（答《こた》えは111ページ）

「ヒィ〜〜ヒィ〜〜ヒィ〜〜」

目《め》をかがやかせたコマさんが、またホメ始《はじ》めると、うらやましろうは悲鳴《ひめい》をあげながらピョンピョンととび上《あ》がり、後《うし》ろへ後《うし》ろへと下《さ》がっていったのです。どうやらうらやましろうは、ホメられてはずかしがっているようです。そしてケータくんが元《もと》のケータくんにもどりました。

「弱点《じゃくてん》はホメられることニャン！」
ジバニャンがそうさけぶと、コマじろうがうなずきました。
「人《ひと》をうらやましく思《おも》っても、自分《じぶん》がうらやましがられるのは苦手《にがて》みたいズラ。兄《にい》ちゃん、二人《ふたり》でホメまくるズラ！」

そしてコマさんと
コマじろうは、
順番《じゅんばん》にホメまくる
ことにしました。
「ハダシっていう
のがおしゃれズラ！」
「足《あし》のタコが
しぶいズラ〜！」
「ヒィッ！」
二人《ふたり》のホメこうげきに
うらやましろうは
とび上《あ》がりました。

「こうらの落書《らくが》きがイケてるズラ～！」

「あっ、よく見《み》るとひざこぞうのすりキズもかっこいいズラ～！」

「ヒィッ！」

後《あと》ずさりするうらやましろうをコマさんとコマじろうが追《お》いかけます。

「それによく考《かんが》えると、しろうって名前《なまえ》もかっこいいズラ～」

コマじろうがホメると、コマさんが目《め》をかがやかせて質問《しつもん》しました。

「4人兄弟《にんきょうだい》の4番目《ばんめ》ズラか？」

「ひっひとりっ子《こ》です…っ」

「もんげー！」

うらやましろうの返事《へんじ》におどろくコマさんに、コマじろうが続《つづ》きます。

「ひとりっ子《こ》でしろうは、めずらしいズラ！　意外性《いがいせい》があるズラ～！」

「ヒィィ～すみません、ごめんなさい。もうホメないで～」

うらやましろうは二人《ふたり》にホメられすぎて、はずかしくてはずかしくてたまらなくなり、ケータくんにメダルをわたして走《はし》り去《さ》ってしまいました。

「ホメごろしましたね」

「やるニャン、あの兄弟《きょうだい》！」

ウィスパーとジバニャンも感心《かんしん》しています。

「ありがとう、コマさん、コマじろう！」

「ズラー」

ケータくんの言葉《ことば》にコマじろうが笑顔《えがお》で返事《へんじ》をしました。

「もんげー‼」

するとコマさんの声《こえ》が聞《き》こえてきました。

ふり返《かえ》ると、コマさんが走《はし》り去《さ》る
うらやましろうを見《み》て
「走《はし》り方《かた》もかっこいいズラ～!!
コマじろう見《み》てみろ！　すごいズラ!!」
まだまだ興奮《こうふん》がさめないようで、
ホメ続《つづ》けていました。
「いや、兄《にい》ちゃん、もういいズラよ…」
ケータくんたちは苦笑《にがわら》いで見《み》ています。
「うらやましろう、うらやましいズラ！」
盛《も》り上《あ》がりっぱなしのコマさんに
「いや、だから、もういいズラ…」
ちょっとうんざりなコマじろうでした。

妖《よう》怪《かい》解《かい》説《せつ》

うらやましろう

他人《たにん》のことをなんでもうらやましがってしまう。でも、ほしいものを手《て》に入《い》れるために努力《どりょく》するのは、めんどうくさいらしい。

2 どっしり構《かま》えたガマ〜ンな妖怪《ようかい》

ある日《ひ》のことです。ケータくんがあせった顔《かお》でウィスパーの体《からだ》を激《はげ》しくゆすりながら、大声《おおごえ》でさけんでいました。

「ウィスパー‼　ガマンするのが得意《とくい》な妖怪《ようかい》をしょうかいしてくれない？今度《こんど》、『ガマンでGO《ゴー》！』に出《で》ることになったんだ！」

ケータくんは優勝賞品《ゆうしょうしょうひん》の最新《さいしん》ゲーム機《き》を目当《めあ》てに、さくらテレビの人気《にんき》番組《ばんぐみ》『ガマンでGO《ゴー》！』に応《おう》ぼしていて、出演者《しゅつえんしゃ》に選《えら》ばれていたのでした。

「そんな妖怪《ようかい》、見《み》たことも聞《き》いたこともありませんねぇ」

ウィスパーがしょうかいできないとなると、ケータくんはあせってきました。

「いるニャ。この間《あいだ》、妖怪合《ようかいごう》コンで知《し》り合《あ》ったばっかりの妖怪《ようかい》ニャン！」

そしてジバニャンが妖怪《ようかい》を呼《よ》び出《だ》して
くれました。
「ガマンモスニャン！」
「マンモー！」
ウィスパーが妖怪《ようかい》パッドをこっそり
見《み》ながら説明《せつめい》を始《はじ》めました。
「ガマンモス。いろいろガマンし続《つづ》けた
結果《けっか》、あらゆることをガマンできる
最強《さいきょう》のにんたい力《りょく》を身《み》につけた妖怪《ようかい》です」
「ガマン大会《たいかい》よろしくね‼」
ケータくんは大喜《おおよろこ》びで、ガマンモスに
お願《ねが》いしました。

「ガマンできないものはない！」

「これで優勝《ゆうしょう》はもらった！」

ガマンモスの力強《ちからづよ》い言葉《ことば》に、ケータくんも気合《きあ》いが入《はい》ったようで、力強《ちからづよ》く優勝宣言《ゆうしょうせんげん》をしたのでした。

そしてついにケータくんが『ガマンでGO《ゴー》！』に出演《しゅつえん》する日《ひ》がやってきました。

収録会場《しゅうろくかいじょう》のステージに司会者《しかいしゃ》が立《た》ち、

「ガマンでゴー！」

というかけ声《ごえ》とともに、番組収録《ばんぐみしゅうろく》が始《はじ》まりました。

「今週《こんしゅう》も『ガマンでGO《ゴー》！』のお時間《じかん》がやってまいりました！」

司会者《しかいしゃ》のあいさつに、会場《かいじょう》は盛《も》り上《あ》がっています。

「勝負《しょうぶ》は勝《か》ちぬき戦《せん》！　最初《さいしょ》の
ガマンは熱《あつ》いのガマ～ン！
コタツの中《なか》で、あっつあつの
なべやきうどんを早《はや》く
食《た》べたほうが勝《か》ちとなります！」
司会者《しかいしゃ》の説明《せつめい》をよそに
「オレにはガマンモスが
ついてるもんねぇ」
ケータくんは余《よ》ゆうたっぷり、
安心《あんしん》しきっていました。
「では、よ～いスタート！」
いよいよ勝負開始《しょうぶかいし》です。

食材《しょくざい》しりとりクイズ

なべやきうどんの中《なか》の、いろいろな食材《しょくざい》をしりとりでつなげて、下《した》の○の中《なか》に入《はい》る食材《しょくざい》を当《あ》てよう。（答《こた》えは 111 ページ）

ケータくんと対戦相手《たいせんあいて》がいっせいになべやきうどんを食《た》べ始《はじ》めました。

「熱《あつ》っ！　う〜〜」

しかしケータくんはうどんが熱《あつ》すぎて食《た》べられません。対戦相手《たいせんあいて》はどんどん平気《へいき》な顔《かお》で食《た》べていきます。

「ガマンモスいないの？　こんな熱《あつ》いのガマンできないよ！」

ケータくんは力《ちから》なくうなだれて、弱《よわ》よわしくつぶやきました。すると、ケータくんの後《うし》ろにガマンモスが現《あらわ》れて、

「それぐらいガマンしろ！　自分《じぶん》の力《ちから》で行《い》けるところまで行《い》け！」

厳《きび》しく答《こた》えました。予想外《よそうがい》の答《こた》えに大《おお》アセのケータくんはガックリです。

「ガマンモス、厳《きび》しいニャン」

「ケータくんガマンできますかねぇ」

ジバニャンとウィスパーも心配《しんぱい》しています。

「うう…あつい、もうダメだ」

そのときです。ガマンモスの目《め》が光《ひか》り
「ガマ〜ン！」

ガマンモスがさけぶと、ケータくんの体《からだ》から
アセがひき、急《きゅう》にズルズルとうどんが食《た》べら
れるようになったのです。

「ごちそうさま！」

「天野《あまの》ケータくんの勝利《しょうり》です！」

勝負《しょうぶ》に勝《か》てたケータくんは大喜《おおよろこ》びです。

２回戦目《かいせんめ》は〝寒《さむ》いのガマ〜ン〟です。かまくらに入《はい》って、かき氷《ごおり》を食《た》べるという勝負《しょうぶ》でしたが、ケータくんはこれにも勝《か》ち、最後《さいご》の勝負《しょうぶ》〝くすぐりガマ〜ン〟でも勝《か》つことができたのです。

「やったー！　優勝《ゆうしょう》だ！」

ケータくんはとび上《あ》がって喜《よろこ》びました。

「まあ当然《とうぜん》の結果《けっか》であるな」

ガマンモスも余《よ》ゆうでつぶやきました。

　しかし、その喜《よろこ》びもつかの間《ま》、

「それではこれより優勝決定戦《ゆうしょうけっていせん》を行《おこな》います！」

司会者《しかいしゃ》が、説明《せつめい》を始《はじ》めました。

「えー!?　何《なに》!?　優勝決定戦《ゆうしょうけっていせん》って!?」

まだひとつ勝負《しょうぶ》が残《のこ》っていたのです。

「グランドチャンピオン我慢我太郎《がまんがたろう》さんどうぞ！」

我慢我太郎《がまんがたろう》が登場《とうじょう》すると、ケータくんたちはビックリしたようす。

我慢我太郎《がまんがたろう》はケータくんたちが出会《であ》ったことのある人《ひと》だったようです。

「たしか熱《あつ》いおふろに入《はい》っても平気《へいき》だったあの人《ひと》！　とくれば…」

「優勝決定《ゆうしょうけってい》は〝熱《あつ》いおふろにガマ〜ン〟」

最後《さいご》の勝負《しょうぶ》はウィスパーの予想《よそう》どおりでした。

そして最後《さいご》の勝負《しょうぶ》が始《はじ》まりました。

我慢我太郎《がまんがたろう》は余《よ》ゆうの表情《ひょうじょう》で、気持《きも》ち良《よ》さげにおふろに入《はい》っています。いっぽうケータくんは顔《かお》を真《ま》っ赤《か》にしてガマンしています。

限界《げんかい》が近《ちか》くなってきたケータくん。

「ガマンモス、そろそろ、お願《ねが》い！」

「うむ。では…」

ケータくんのお願《ねが》いに目《め》を開《あ》けたガマンモスはおどろいてブルブルとふるえ始《はじ》めました。

「どうしたの？」

ようすが変《へん》なガマンモスを見《み》て、ケータくんは熱《あつ》いのをガマンしながら首《くび》をかしげました。

モレゾウ

すると我慢我太郎《がまんがたろう》が
「おや、ガー坊《ぼう》じゃないか」

ガマンモスに声《こえ》をかけたのです。

「老師《ろうし》！」

ウィスパーとジバニャンも不思議《ふしぎ》そうな顔《かお》。

「知《し》り合《あ》いニャン？」

「…あれは、まだワシがモレゾウだったころ」

ガマンモスが昔話《むかしばなし》を語《かた》り始《はじ》めました。

「ワシは老師《ろうし》から、ガマンとは何《なに》かをたたきこまれた！

そしてワシはモレゾウからガマンモスへと進化《しんか》したのだ！」

「ガマンモスってモレゾウの進化形《しんかけい》だったニャン」

事実《じじつ》を知《し》っておどろくジバニャン。

「話《はな》し長《なが》いよ！　う〜はっ〜熱《あつ》い〜」

長《なが》い昔話《むかしばなし》とお湯《ゆ》の熱《あつ》さで、ケータくんはもう限界《げんかい》です。するとガマンモスがもうしわけなさそうに
「ワシのガマンなど、老師《ろうし》にかないません。まして戦《たたか》うなど、千年早《せんねんはや》い。失礼《しつれい》いたします」

そういうと、走《はし》り去《さ》ってしまったのです。それと同時《どうじ》にケータくんのおでこにメダルがくっつき、

「もうーダメ、ガマンできない‼」

限界《げんかい》がきて、おふろから出《で》ようとしました。

「こうなったら自力《じりき》で優勝《ゆうしょう》するしかありません！」

ケータくんをおさえこもうとして、飛《と》びかかるウィスパーとジバニャン。

しかし勢《いきお》い余《あま》っておふろに落《お》ちてしまいました。そしてケータくんはおふろを飛《と》び出《だ》し、我慢我太郎《がまんがたろう》に負《ま》けてしまいました。

番組収録《ばんぐみしゅうろく》が終《お》わり、ケータくんたちが我慢我太郎《がまんがたろう》は一体何者《いったいなにもの》なんだろう、と話《はな》しているところに優勝賞品《ゆうしょうしょうひん》のゲーム機《き》を持《も》った我慢我太郎《がまんがたろう》がやってきました。

するとそこに、何人《なんにん》ものモレゾウがわらわらと集《あつ》まってきたのです。

モレゾウたちは我慢我太郎《がまんがたろう》に向《む》かって、口《くち》ぐちにあいさつをしました。

「老師《ろうし》‼ おつかれさまでした」

「はい～おつかれさん」

あいさつをしながら並《なら》ぶモレゾウたちの間《あいだ》を通《とお》る我慢我太郎《がまんがたろう》。

「本当《ほんとう》に何者《なにもの》⁇：」

ケータくんたちは不思議《ふしぎ》なナゾの人物《じんぶつ》、我慢我太郎《がまんがたろう》を見送《みおく》りました。

モレゾウ ちがうポーズ クイズ

並《なら》んでいるモレゾウたちの中《なか》に、１ぴきだけちがうポーズのモレゾウがまぎれこんでいる。探《さが》してみてね。（答《こた》えは 111 ページ）

妖《よう》怪《かい》解《かい》説《せつ》

ガマンモス

ガマンにガマンを重《かさ》ねて、最強《さいきょう》のにんたい力《りょく》を身《み》につけた。この妖怪《ようかい》にとりつかれると、あらゆることがガマンできるようになる。

妖《よう》怪《かい》解《かい》説《せつ》

モレゾウ

いつも長《なが》い鼻《はな》の先《さき》から何《なに》かがもれそうで、体《からだ》をモジモジさせている。ガマンできなくなると、すごい量《りょう》の水《みず》が鼻《はな》からふん射《しゃ》される。

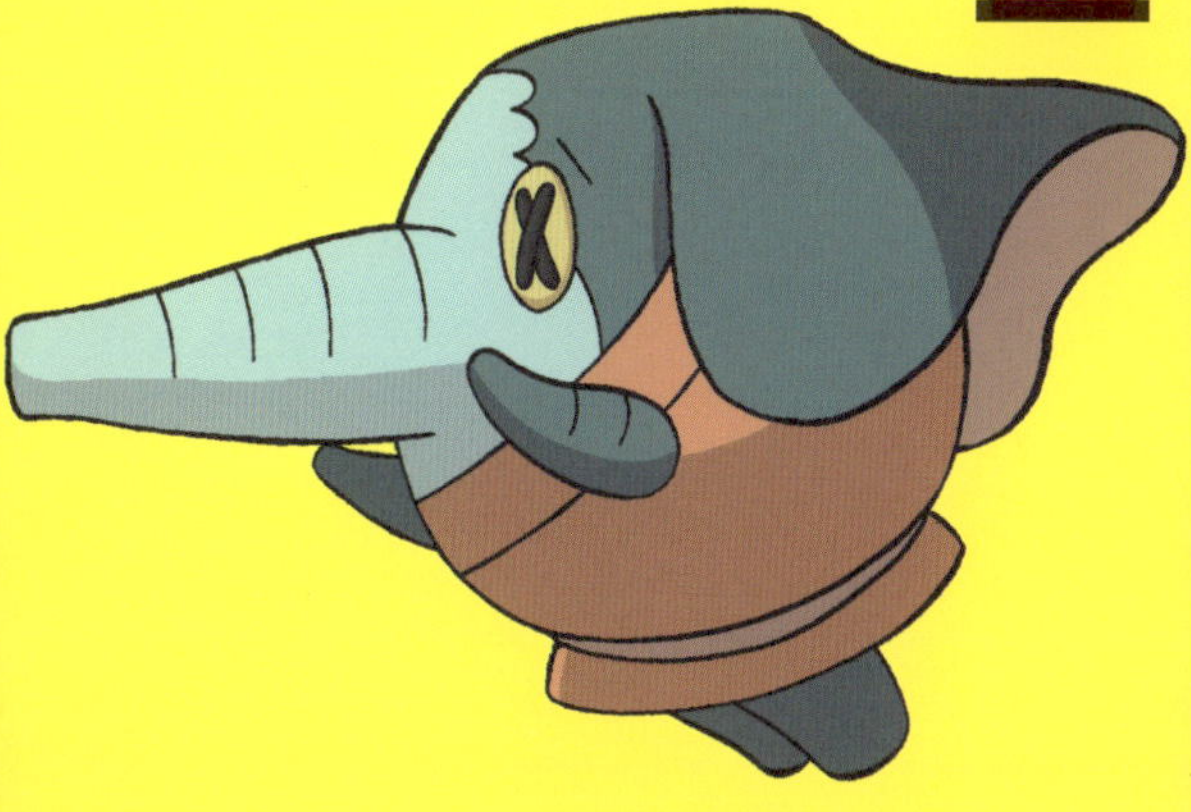

3 たのもしいアニキ〜!!

「え〜今日《きょう》はみんなに新《あたら》しいともだちをしょうかいする。おーい、入《はい》ってきてくれ」

ある日《ひ》のこと、ケータくんのクラスにめずらしく転校生《てんこうせい》がやってきました。

「千駄ヶ谷《せんだがや》剣《けん》だ…。前《まえ》の学校《がっこう》では『アニキ』と呼《よ》ばれていた。よろしくたのむ」

大人《おとな》っぽくて無口《むくち》そうな剣《けん》くんに、ケータくんたちは興味《きょうみ》しんしんです。

剣《けん》くんはニックネームのとおり、体育《たいいく》の授業中《じゅぎょうちゅう》にケガをしたカンチくんを助《たす》けたり、フミちゃんの重《おも》い荷物《にもつ》を持《も》ってあげたり、給食《きゅうしょく》のプリンをこぼしたクマくんに自分《じぶん》の分《ぶん》をあげたりと、クラスの人《ひと》たちを助《たす》けていました。

剣《けん》くんのアニキのような行動《こうどう》に、クラスメイトたちはグングンひきつけられ、いつの間《ま》にかアニキ軍団《ぐんだん》が結成《けっせい》されました。

アニキ軍団《ぐんだん》は『アニキ』と書《か》かれたおそろいのハチマキをしめて、朝《あさ》は校門《こうもん》に並《なら》んで剣《けん》くんを出《で》むかえます。また、ろう下《か》ではおともになって歩《ある》き、剣《けん》くんの机《つくえ》までみがくようになりました。

そしてクラスメイト全員《ぜんいん》が、あっという間《ま》にアニキ軍団《ぐんだん》となってしまったのです。

　ケータくんはみんなに好《す》かれる剣《けん》くんを見《み》ているうちに、なんだかうらやましくて、しかたありませんでした。

「っていうか、これ絶対《ぜったい》おかしいよね！　絶対妖怪《ぜったいようかい》のしわざだよね！」

ケータくんはウィスパーにグチをこぼしました。

「転校生《てんこうせい》って、み力的《りょくてき》に見《み》えるものなんです。気持《きも》ちもわかりますがね」

ウィスパーがしかたなさそうに言《い》っていたそのとき、

「やっぱりいた！」

ケータくんは妖怪《ようかい》ウォッチであたりを照《て》らし、妖怪《ようかい》を見《み》つけたのでした。

「おう、人間《にんげん》。なんの用《よう》だ？」

やはり剣《けん》くんには妖怪《ようかい》がとりついていたのです。

「うわ～っっっ‼」

おどろくウィスパーでしたが、さっそく妖怪《ようかい》パッドで調《しら》べ始《はじ》めました。

「妖怪《ようかい》アニ鬼《き》。とりついた人間《にんげん》を大人《おとな》のみ力《りょく》あふれる人間《にんげん》に変《か》えてしまうそうです。転校生《てんこうせい》ってなんか大人《おとな》っぽく見《み》えてかっこいいよね〜、を引《ひ》き起《お》こすことで有名《ゆうめい》です！」

こわそうなアニ鬼《き》にひきつるケータくんでしたが、

「あ、あの〜みんなを元《もと》に、もどしてほしいんだけど」

とお願《ねが》いしてみました。

しかしアニ鬼《き》はケータくんをにらみつけ、筋肉《きんにく》が盛《も》り上《あ》がった自分《じぶん》のうでをたたきながら、おどかしてきました。

「男《おとこ》ならこいつできな！」

アニ鬼《き》

ケータくんとウィスパーはアニ鬼《き》のはく力《りょく》にふるえ上《あ》がり、ジバニャンを呼《よ》び出《だ》して、たおしてもらうことにしました。

「オレのともだち！　出《で》てこいジバニャン！　妖怪《ようかい》メダルセットオン！」

「ジバニャン！」

ジバニャンが呼《よ》び出《だ》されました。

「ジバニャン！　アニ鬼《き》を追《お》いはらって！」

しかし、呼《よ》び出《だ》されたジバニャンは、なんだかとってもフキゲンそうです。

「ちょうどチョコボー食《た》べるところだったニャン、なんでジャマするニャン！」

チョコボーを食《た》べそこねたジバニャンは、カンカンにおこりだしてしまいました。

するとアニ鬼《き》がジバニャンに向《む》かって
声《こえ》をかけました。
「おいっ！」
「な、なんですかニャン？」
そしてビビるジバニャンの目《め》の前《まえ》に、
アニ鬼《き》がやってきました。
「悪《わる》かったな、遠《えん》りょはいらねぇ」
アニ鬼《き》は意外《いがい》にもジバニャンに
チョコボーを差《さ》し出《だ》したのです。
「ア…ア…アニャキーー～!!」
なんとジバニャンまでも、アニ鬼《き》の
み力《りょく》にひきつけられてしまったのです。

メラメライオン　グレるりん

ケータくんはとてもくやしがりました。

どうやら、アニ鬼《き》のみ力《りょく》は妖怪《ようかい》にも効果《こうか》があるようです。

「それなら！　グレるりん！」

グレるりんを呼《よ》び出《だ》すケータくん。

「オレにまかせろ、オラオラオラオラぁ！」

「いいんだぜ、オレの前《まえ》でそんなかたひじはった生《い》き方《かた》しなくてもよ…」

アニ鬼《き》はグレるりんにやさしく話《はな》しかけました。

「ア…ア…アニキ〜！」

グレるりんもまた、アニ鬼《き》のみ力《りょく》にとりつかれてしまいました。

「グレるりんまで⁉　だったら！」

ケータくんは今度《こんど》はメラメライオンを呼《よ》び出《だ》すことにしました。

「たのんだよ、メラメライオン！」

「メラメラ〜！」

「熱《あつ》いよな、おまえ…いつも燃《も》えててよ…。そういうのいいと思《おも》うぜ」

アニ鬼《き》はまたやさしい口調《くちょう》で語《かた》りかけました。

「メラ？　メラキ〜！」

メラメライオンもまたアニ鬼《き》のみ力《りょく》に負《ま》けてしまいました。

そしてケータくんはその後《あと》、妖怪《ようかい》を呼《よ》び出《だ》し続《つづ》けたのです。

「アニキ！　アニキ！」

夕方《ゆうがた》になり、あたりにアニキコールがひびきわたりました。

ジバニャンをはじめ、からくりベンケイ、セミまる、ぶようじん坊《ぼう》、ジミー、つまみぐいのすけ、あせっか鬼《き》、ムリカベ、ひも爺《じい》たちがアニ鬼《き》を囲《かこ》み、アニキコールを大合唱《だいがっしょう》。

アニキハチマキのまちがい探《さが》し

アニ鬼軍団《きぐんだん》の中《なか》で、一人《ひとり》だけちがうところにハチマキをまいている妖怪《ようかい》がいるよ。それはだれ？

(答《こた》えは111ページ)

妖怪《ようかい》たちは全員《ぜんいん》、アニキと書《か》かれたハチマキをして、大変《たいへん》盛《も》り上《あ》がっています。

その光景《こうけい》をぼう然《ぜん》と見《み》つめるケータくん。

「見事《みごと》にみ～んなアニ鬼軍団《きぐんだん》になってしまいましたね～」

ウィスパーがため息《いき》をつきながら、つぶやきました。

するとアニ鬼《き》がケータくんたちの前《まえ》にやってきました。二人《ふたり》はワタワタとあわてました。

「うっ…な…何《なに》？」

アニ鬼《き》は自分《じぶん》の胸《むね》をドンとたたきながら、

「ここにひびいた、いいバトルだったぜ。今日《きょう》からおまえもダチだ」

と言《い》って、ケータくんにメダルを手《て》わたしました。

ケータくんはメダルを受《う》け取《と》ると、態度《たいど》がガラリと変《か》わり、アニ鬼《き》にだきついたのです。

「アニ鬼《き》〜！」

ケータくんもまた、アニ鬼《き》のみ力《りょく》にとりつかれてしまったのでした。

ケータくんがアニ鬼《き》軍団《ぐんだん》の仲間《なかま》になってすぐ、剣《けん》くんは急《きゅう》に転校《てんこう》することになってしまいました。そしてケータくんはアニ鬼《き》を見送《みおく》るため、駅《えき》のホームへと行《い》ったのです。駅《えき》のホームには剣《けん》くんと両親《りょうしん》、そしてアニ鬼《き》がいました。アニ鬼《き》のそばに行《い》き、ケータくんはさみしそうに言《い》いました。

「アニ鬼《き》、行《い》っちゃうんだね」

「あいつにはオレがついていてやらないと」

アニ鬼《き》は剣《けん》くんを指《ゆび》さして言《い》いました。

「そっか…そうだよね」

そしてアニ鬼《き》を乗《の》せた汽車《きしゃ》が動《うご》きだすと、

「オレ、しょうかんするから！　アニ鬼《き》のこと絶対《ぜったい》にしょうかんするから！」

ケータくんがさけびました。

「待《ま》ってるぜ！
ケータ！」
「アニキ〜‼」
手《て》をふるケータを
ホームに残《のこ》して、
汽車《きしゃ》は走《はし》り去《さ》って
いきました。

線路《せんろ》あみだ

蒸気機関車《じょうききかんしゃ》は、何番線《なんばんせん》から出発《しゅっぱつ》したかな？
線路《せんろ》のあみだをたどろう。（答《こた》えは111ページ）

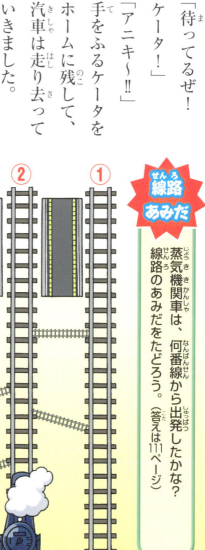

「剣《けん》はどこに行《い》ってもともだちがたくさんできるな」

汽車《きしゃ》の中《なか》で両親《りょうしん》が話《はな》していると、窓《まど》からアニキ軍団《ぐんだん》が見《み》えました。

「あいつら…」

剣《けん》くんが大人《おとな》っぽくつぶやくと、

「手《て》をふらなくていいの？」

お母《かあ》さんの言葉《ことば》に、剣《けん》くんはそっと目《め》を閉《と》じて言《い》いました。

「自分《じぶん》、不器用《ぶきよう》ですから…」

そしてとなりの席《せき》には、たのもしいアニ鬼《き》がすわっていました。

妖《よう》怪《かい》解《かい》説《せつ》

アニ鬼《き》

見《み》た目《め》はこわくて強《つよ》い力《ちから》を秘《ひ》めているが、じつはたよりがいがあり、みんなにしたわれる、アニキのような妖怪《ようかい》だ。

4 しわしわのばぁ〜!?

ケータくんが学校《がっこう》から帰《かえ》ってきて、リビングへとやってきました。

「ケータ、学校《がっこう》からのお知《し》らせ、あったらちょうだいね！」

お母《かあ》さんがそう言《い》うと、ケータくんはランドセルの中《なか》を探《さが》し始《はじ》めました。

ウィスパーもランドセルをのぞきこんでいます。

しかしプリントはしわくちゃになっていました。

「テキトーにつっこんじゃったんでしょ〜」

ウィスパーがあきれて言《い》いました。

「ノートと教科書《きょうかしょ》の間《あいだ》にはさんできたのに！

あっ、これって妖怪《ようかい》のしわざだよ！」

ケータくんの言《い》いわけにウィスパーは
「すぐに妖怪《ようかい》のしわざにする〜」
ケータくんの言《い》いわけにウィスパーは
あきれ顔《がお》。ケータくんは
そんなウィスパーを無視《むし》して、
妖怪《ようかい》ウォッチを照《て》らし始《はじ》めました。
「いたっ！」
見《み》ると、そこにはつえをふる
しわくちゃのおばあさん妖怪《ようかい》が
いました。
「しゅびどぅば〜しわしわ〜♪」
おばあさん妖怪《ようかい》が持《も》つつえからは、変《へん》なビームが出《で》ていました。

するとビームがクローゼットの洋服《ようふく》に当《あ》たり、洋服《ようふく》はみるみるしわくちゃに!!

ケータはおどろいてさけびました。

「ちょっと何《なに》してるの!?」

「あ〜？　なんだって〜？」

「何《なに》してるのって聞《き》いてるの！」

「あ〜、はいはい。

こんにちは〜」

「こんにちは…じゃなくて！　洋服《ようふく》をしわくちゃにしないで！」

「ええ、ええ。今日《きょう》で17歳《さい》になります〜」

おばあさん妖怪《ようかい》の答《こた》えはちんぷんかんぷん。

おばあさん妖怪《ようかい》は、かなり耳《みみ》が遠《とお》いようです。

ウィスパーは妖怪《ようかい》パッドで調《しら》べ始《はじ》めました。

「妖怪《ようかい》しわくちゃん！　なんでもしわくちゃにしてしまう妖怪《ようかい》で『プリントってちゃんとしまったつもりでも、いつもしわくちゃになっちゃうよね～』を起《お》こすことで有名《ゆうめい》です！」

ウィスパーの説明《せつめい》はさらに続《つづ》きます。

「どうやら、しわくちゃんはいろいろなものをしわくちゃにすることで、しわくちゃパワーをあのつえに集《あつ》めているようですね。しわくちゃパワーが満《まん》タンになると、若返《わかがえ》ることができるそうです！」

そうこうしているうちに、しわくちゃんはつえをふり、ベッドのシーツや洋服《ようふく》にビームを当《あ》てて、エネルギーを吸《す》い取《と》っていきました。

しわくちゃめいろ

スタートからゴールを目《め》ざして、しわくちゃんのしわの間《あいだ》を通《とお》っていこう。(答《こた》えは 111 ページ)

「早《はや》く止《と》めないと‼」
あわてるケータとウィスパー。
するとしわくちゃんは
「しゅびどぅば〜しわしわ〜♪」
二人《ふたり》にビームを
発射《はっしゃ》したのです。
「うぎゃああああ‼」

そこへジバニャンが何《なに》かを探《さが》してるようすで、キョロキョロしながらケータくんの部屋《へや》にやってきました。
「ケータ、おやつのチョコボー…ってニャーン⁉」
ケータとウィスパーの声《こえ》がする方向《ほうこう》を見《み》たジバニャンは目《め》の玉《たま》が飛《と》び出《だ》してしまう勢《いきお》いで、おどろきました。

「最近《さいきん》、めっきりこしが痛《いた》くなってね〜」

「年《とし》をとると、妖怪《ようかい》パッドを見《み》るのもしんどくなりますね〜」

ジバニャンが見《み》たものは、しわくちゃの老人《ろうじん》になったケータくんとウィスパーの姿《すがた》でした。

ケータくんはヨボヨボとつえをつき、ウィスパーは妖怪《ようかい》パッドを逆《さか》さにして見《み》ています。そして二人《ふたり》とも、見事《みごと》なまでに、しわくちゃでヨボヨボとしていました。

「いったい何《なに》が……？」

ジバニャンは何《なに》が起《お》こっているのかわからず、ぼう然《ぜん》と立《た》っているだけでした。

　すると部屋《へや》の入《い》り口《ぐち》のほうから声《こえ》が聞《き》こえてきました。

花子《はなこ》さん

「大変《たいへん》なことが起《お》こってるようね。ここはまかせてもらおうかしら？」

見《み》ると、学校《がっこう》の女子《じょし》トイレがお気《き》に入《い》りの妖怪《ようかい》、花子《はなこ》さんが助《たす》けに来《き》てくれたのでした。

洗面所《せんめんじょ》で顔《かお》を洗《あら》って、ケータくんとウィスパーはやっと元《もと》にもどることができました。そして自分《じぶん》の部屋《へや》にもどると、ケータくんはうれしそうに花子《はなこ》さんに報告《ほうこく》しました。

「直《なお》ったよ、花子《はなこ》さん！」

「当然《とうぜん》よ。HANAKO《はなこ》プロデュースの特製美容液《とくせいびようえき》をつけたんだから」

花子《はなこ》さんはとっても得意《とくい》げです。するとケータくんがハッと思《おも》いつき、

「これを使《つか》えば、しわくちゃんも元《もと》にもどれるんじゃないかな!?」

と、花子《はなこ》さんに聞《き》きました。花子《はなこ》さんは自信満《じしんまん》まんに答《こた》えました。

「当然《とうぜん》よ！」

「さっそく試《ため》してみるニャン」

　ジバニャンがしわくちゃんに美容液《びようえき》をふりかけましたが、効《き》き目《め》はありませんでした。するとつ然《ぜん》、花子《はなこ》さんが
「あたしを本気《ほんき》にさせるなんて、おもしろいじゃない。ここからが本番《ほんばん》よ！」

と言《い》い出《だ》したのです。

花子《はなこ》さんのやる気《き》に火《ひ》がついて、若返《わかがえ》り作戦《さくせん》が始《はじ》まりました。

しわくちゃんのほかに、ケータくん、ウィスパー、ジバニャンもいっしょです。

まずはじめに激《はげ》しい運動《うんどう》のブリーズビートキャンプで体《からだ》を動《うご》かします。

つぎは砂《すな》ぶろであせを流《なが》して、体《からだ》によい健康食品《けんこうしょくひん》を食《た》べます。

そして最後《さいご》は、花子《はなこ》さん特製《とくせい》の青《あお》じるジュースの出《で》番《ばん》です！

ケータくんたちもしわくちゃんとともに青《あお》じるジュースを飲《の》みほしました。

「ゴクゴク…く〜まずい！　もう1杯《ぱい》！」

するとどうでしょう！　しわくちゃんが美《うつく》しい姿《すがた》の老《お》いらんになり、つえも元気《げんき》いっぱいになりました。

妖怪《ようかい》ワードパズル

ヒントを見《み》て、①〜④のたてのらんに、当《あ》てはまる妖怪《ようかい》を入《い》れて、赤《あか》いわくに出《で》てくる妖怪《ようかい》を当《あ》ててね。（答《こた》えは111ページ）

① 伝説《でんせつ》の生《い》きものとパンダが合体《がったい》？

② いつも熱《あつ》くメラ〜っと燃《も》えている。

③ つまみ食《ぐ》いが大好《だいす》きな妖怪《ようかい》。

④ とにかく強《つよ》い。かなぼうがトレードマーク。

④	③	②	①
			つ
	つ		ち
		め	
あ	み	ら	こ
か	ぐ	め	ぱ
に	の	い	だ
	す		
		ん	

「本当《ほんとう》に美人《びじん》ですね〜」

「美人《びじん》だニャ〜ン」

ウィスパーとジニャンは、美《うつく》しい老《お》いらんを見《み》つめてうっとりしています。

「元《もと》の姿《すがた》にもどれてよかったね、しわくちゃん」

「うふふっ…今《いま》はもう老《お》いらんよ♪」

老《お》いらんは喜《よろこ》んでいます。

「みなさん、本当《ほんとう》にありがとうございました」

メダルを手《て》わたそうとしました。
するとそこへ小《ちい》さな虫《むし》が飛《と》んできて、老《お》いらんの鼻《はな》のそばを飛《と》び回《まわ》り始《はじ》めました。老《お》いらんはガマンしていましたが、たまらずくしゃみをしてしまいました。
「は……は……はくしょん！」

「いい仕事《しごと》をさせてもらったわ」

お礼《れい》を言《い》う老《お》いらんに、花子《はなこ》さんはとっても満足《まんぞく》そうです。

「ではケータくん、これを」

老《お》いらんはケータくんに

「しゅびどぅば～しわしわ～♪」

なんと老《お》いらんがしわくちゃんに逆《ぎゃく》もどり。どうやらくしゃみをして、つえからエネルギーがもれてしまったようです。またしわくちゃんはつえからビームを発射《はっしゃ》！

「うわぁぁぁ！　やめてよ～！」

ケータたちはにげ回《まわ》りましたが、ウィスパーがビームに当《あ》たってしまいました。

「ヨボヨボ～」

ウィスパーはまた、しわくちゃのヨボヨボになってしまったのでした。

妖怪解説《ようかいかいせつ》

しわくちゃん

つえの力《ちから》でエネルギーを吸《す》いとり、なんでもしわくちゃにしてしまう。とくに若《わか》くてきれいな人《ひと》はねらわれやすい!?

妖《よう》怪《かい》解《かい》説《せつ》

老《お》いらん

いつも若《わか》くて美《うつく》しいけれど、それには秘密《ひみつ》が。とりついた相手《あいて》の生命力《せいめいりょく》を吸《す》って、保《たも》っているのだ…。

妖怪解説《ようかいかいせつ》

花子《はなこ》さん

学校《がっこう》の女子《じょし》トイレにすみついている妖怪《ようかい》。いつもだれかと遊《あそ》んでもらいたがっているが、人見知《ひとみし》りなので、自分《じぶん》からはさそわない。

5 たらしたくないのに、だら～っ…

今日《きょう》の5年《ねん》2組《くみ》の図工《ずこう》は、校庭《こうてい》でのスケッチです。ケータくんやクラスメイトたちは、花《か》だんを囲《かこ》んで花《はな》の絵《え》をかいていました。

「おー、いい感《かん》じかも」

ケータくんは自分《じぶん》の絵《え》を見《み》てうれしそう。クマくんとカンチくんも、

「おー、ケータ、うまいじゃん！」

とホメてくれました。するとどこからか悲《かな》しげな声《こえ》が聞《き》こえてきました。

「たらりらーん」

ケータくんが不思議《ふしぎ》そうに首《くび》をかしげたそのとき、絵筆《えふで》の先《さき》から絵《え》の具《ぐ》がポタっとスケッチブックに落《お》ちたのです。

「あ〜〜っ！」

落《お》ちた絵《え》の具《ぐ》で、絵《え》がにじんでいます。

「せっかくうまくかけてたのにな！」

「かわかして上《うえ》からかき直《なお》すしかない」

クマくんたちは気《き》の毒《どく》そうな顔《かお》。

がっかりするケータくんでしたが、絵《え》をかき直《なお》すことにしました。

かき直《なお》した絵《え》は、ケータくんも満足《まんぞく》のいくできばえです。クマくんとカンチくんもまた、うまいとホメてくれました。

「たらりらーん」

すると再《ふたた》び、声《こえ》が聞《き》こえてきました。

　またもやケータくんの絵筆《えふで》の先《さき》から
ポタっと絵《え》の具《ぐ》がたれたのです。
「またー？」
ケータは絵《え》を見《み》てガッカリしています。
「またかき直《なお》すしかないね」
クマくんたちもまた、気《き》の毒《どく》そうに
ケータくんに言《い》いました。
　やがてケータくんはキッと顔《かお》を上《あ》げ、
校庭《こうてい》のウラへと歩《ある》いていきました。
「こんなの絶対《ぜったい》おかしい！」
とさけぶと、妖怪《ようかい》ウォッチであたりを
照《て》らし始《はじ》めたのです。

たれた絵《え》の具《ぐ》はどれ？

右《みぎ》の絵《え》を見《み》て同《おな》じように絵《え》の具《ぐ》がたれたところの絵《え》を３つの中《なか》から探《さが》してね。
(答《こた》えは 111 ページ)

そこへ、ウィスパーがやってきました。

「ケータくん、どうしたんですか？」

「さっきから、いい感《かん》じに絵《え》が
かけると絵《え》の具《ぐ》がたれちゃうなんて…。

きっと妖怪《ようかい》のしわざだよ！」

ウィスパーはあきれた顔《かお》をしています。

「ケータくんが不注意《ふちゅうい》なだけじゃないですかー？

そんなことまで、妖怪《ようかい》のせいにされては…」

「ムッ！　いたーっ！」

ウィスパーがハッとおどろいて見《み》てみると、そこ
には、妖怪《ようかい》が立《た》っていました。

「たらり～ん」

「ウィスパー、あれ何《なに》？」

さっと妖怪《ようかい》パッドで調《しら》べるウィスパー。

「妖怪《ようかい》たらりん！ どんなものでも、たらーりとたらしてしまう妖怪《ようかい》です！ 妖怪不《ようかいふ》しょう事案件《じあんけん》『あと少《すこ》しで完成《かんせい》というときにかぎって、絵《え》の具《ぐ》がたれて台《だい》なしになったりしない？』を引《ひ》き起《お》こします！」

「やっぱり妖怪《ようかい》のせいだったんだ。たらりん、もうたらすのはやめてよ！」

ケータくんはたらりんにお願《ねが》いしましたが、たらりら～んと悲《かな》しい声《こえ》をあげるだけでした。そしてたらりんの体《からだ》の一部《いちぶ》がポタ～っとたれると、
ケータくんの口《くち》から、ヨダレがだら～っとたれてきました。

「ひっ！　だ〜…　はっ！　だから、だらずのばやべで！」
すかさずケータくんにハンカチを手《て》わたすウィスパー。
「あでぃがどウィスバー、む〜ん…、だらりん！　もうやめてよ！」
するとまた、たらりんの体《からだ》の一部《いちぶ》がたれ、
ケータくんの鼻《はな》から鼻水《はなみず》がだら〜っ…。
「ひっ…！　う〜ズ〜ッ、だから…
ズーッ、たらすのは…ズーッ、やめ…」
今度《こんど》はティッシュをわたすウィスパー。
「ありがと、ウィスパー、チーン！
どうしてもやめないっていうなら！」
ケータくんは、妖怪《ようかい》を呼《よ》ぶことにしました。

「オレのともだち! 出《で》てこいジバニャン!」

ケータくんはジバニャンにたらりんを追《お》いはらうようお願《ねが》いしましたが、

「オレっち今《いま》、ちょーいそがしいニャーン」

そう言《い》いつつチョコボーを食《た》べながら、ニャーKB《ケービー》の写真集《しゃしんしゅう》を見《み》ています。

「たらりらら〜ん」

するとまたまた、たらりんの体《からだ》の一部《いちぶ》がたれて、ジバニャンが食《た》べていたチョコボーがドローっととけて写真集《しゃしんしゅう》にポタっ…。

「ニャアアアアア〜〜!!
オレっちの命《いのち》より大事《だいじ》な
写真集《しゃしんしゅう》があああ!
人生《じんせい》、終《お》わったニャン…」

ジバニャンはショックで落《お》ちこんでしまい、たよりにできなくなりました。そこで、ケータくんはふと思《おも》いつき、妖怪《ようかい》さむガリを呼《よ》ぶことにしました。

さむガリはとりついた人《ひと》につまらないギャグを言《い》わせて寒《さむ》がる妖怪《ようかい》です。

「さむガリ！　寒《さむ》いダジャレを言《い》うから、周《まわ》りを寒《さむ》くしてこおらせて！

じゃあ…、アルミかんの上《うえ》にあるミカン！」

ケータくんのダジャレにそよ風《かぜ》がふいてきました。しかしさむガリはもっと寒《さむ》いダジャレがいいと言《い》うので、ケータくんはダジャレを連発《れんぱつ》しました。

ダジャレを当《あ》てよう！

買《か》いものに来《き》たケータは八百屋《やおや》さんのおじさんになんと言《い》ったでしょう？

ダジャレのセリフが何《なに》か考《かんが》えてね！

（答《こた》えは 111 ページ）

「電話《でんわ》かけてもだれもでんわー」
「ソーダはうまそーだ！」
しかし、そよそよとそよ風《かぜ》がふくだけで、
さむガリも困《こま》ってしまいました。
「ウィスパー、寒《さむ》いダジャレを言《い》って！」
ついにネタ切《ぎ》れの
ケータくんがウィスパーにお願《ねが》いしました。
「ワタシに寒《さむ》いダジャレを言《い》えと？
そんなことを言《い》うのは、よ・し・な・シャ・レ、
なーんちゃって、うぷぷ～」
ウィスパーは自分《じぶん》のダジャレに自分《じぶん》がウケて
一人《ひとり》で大笑《おおわら》いをしました。

するとつ然《ぜん》、ヒュウ〜〜とブリザードがふき、
みんな雪《ゆき》まみれ。ケータくんはふるえ上《あ》がり、
たらりんはこおりついてしまいました。
「さすがです。使《つか》い古《ふる》されたダジャレを
自信満《じしんまん》まんに言《い》って、さらに自分《じぶん》だけウケる
なんて、寒《さむ》すぎて最高《さいこう》ですー」
さむガリは喜《よろこ》びましたが、ウィスパーはなみだ目《め》
です。そしてケータくんがたらりんに
「こおっちゃえば、もうたらせないでしょ」
そう言《い》うと、たらりんの体《からだ》からメダルが飛《と》び出《だ》し、
ケータくんはメダルを手《て》に入《い》れることができました。
「これでジャマされずに絵《え》がかけるぞ。ズズーッ…」

それから数十分後《すうじっぷんご》…。
ケータくんがやっと絵《え》をかき終《お》えました。
「よしっ、今度《こんど》こそ完成《かんせい》だ！」
すると何《なに》やらケータくんの
鼻《はな》がムズムズ動《うご》いています。
「はっ…はっ…
ぶわくしょい！　え…？」
おどろくケータくんと
ウィスパー。見《み》ると、
たれた鼻水《はなみず》で絵《え》がぐちゃぐちゃです。
結局《けっきょく》、ケータくんはまたまた
たらりんしてしまいました。

妖《よう》怪《かい》解《かい》説《せつ》

たらりん

とりつかれると、自分《じぶん》や周《まわ》りのものがたれてしまうという、地味《じみ》だが、やっかいな妖怪《ようかい》だ。

妖《よう》怪《かい》解《かい》説《せつ》

さむガリ

とても寒《さむ》がりで、いつもふるえているこの妖怪《ようかい》にとりつかれると、同《おな》じように、いつでもどこでも寒《さむ》がるようになる。

6 ウォッチで発見《はっけん》!? あやしい訪問者《ほうもんしゃ》

未空《みそら》イナホちゃんは、さくら第一小学校《だいいちしょうがっこう》5年《ねん》1組《くみ》の女《おんな》の子《こ》。宇宙人《うちゅうじん》の存在《そんざい》を信《しん》じている、大《だい》のSF《エスエフ》好《ず》きです。

そんなイナホちゃんがある日《ひ》、レアグッズを買《か》おうと並《なら》んでいましたが、目《め》の前《まえ》で商品《しょうひん》は売《う》り切《き》れ。そのかわりに〝宇宙《うちゅう》と交信《こうしん》できる〟という宣伝《せんでん》ポスターと「カイナカイナ、イマカイナ～♪」というなぞの声《こえ》にひかれて、「宇宙《うちゅう》ウォッチ」を手《て》にしました。

そして次《つぎ》の日《ひ》、「宇宙《うちゅう》ウォッチ」をつけて学校《がっこう》へ行《い》き、ともだちにウォッチの話《はなし》をしました。

しかしともだちは相手《あいて》にしてくれませんでした。

ガッカリしたイナホちゃんは、授業中《じゅぎょうちゅう》、

「宇宙《うちゅう》と交信《こうしん》できるわけないか、ダマされた…」

ブツブツと言《い》いながら、ウォッチをいじっていました。するとウォッチから光《ひかり》が放《はな》たれたのです。

イナホちゃんがなんとなく教室《きょうしつ》の中《なか》を照《て》らすと、その光《ひかり》の先《さき》にあやしいカゲがうかびました。

「これって宇宙人《うちゅうじん》!?　宇宙《うちゅう》キター――!」

授業中《じゅぎょうちゅう》だったため、先生《せんせい》に注意《ちゅうい》されましたが、イナホちゃんのワクワクは止《と》まりませんでした。

学校《がっこう》から急《いそ》いで帰《かえ》ってきたイナホちゃんは、ウォッチから出《で》る光《ひかり》で部屋《へや》中《じゅう》を照《て》らし始《はじ》めました。すると光《ひかり》に照《て》らされたカゲが正体《しょうたい》を現《あらわ》したのです。おどろきながら喜《よろこ》ぶイナホちゃんでしたが、その姿《すがた》は想像《そうぞう》していたタコ型《がた》の宇宙人《うちゅうじん》とはちがい、宇宙飛行士《うちゅうひこうし》のようなスタイルです。

「じつは…ミーの名前《なまえ》はUS《うさ》Aピョン。宇宙人《うちゅうじん》ではなく、妖怪《ようかい》ダニ」

US《うさ》Aピョンがそう語《かた》ると、妖怪《ようかい》でも十分《じゅうぶん》おどろきなのに、イナホちゃんは宇宙人《うちゅうじん》ではなくてガッカリしてしまいました。

　さらにUS《うさ》Aピョンはイナホちゃんが手《て》にしたものは「宇宙《うちゅう》ウォッチ」ではなく、妖怪《ようかい》ウォッチシリーズの最新型《さいしんがた》「妖怪《ようかい》ウォッチU《ユー》プロトタイプ」だということも告白《こくはく》しました。

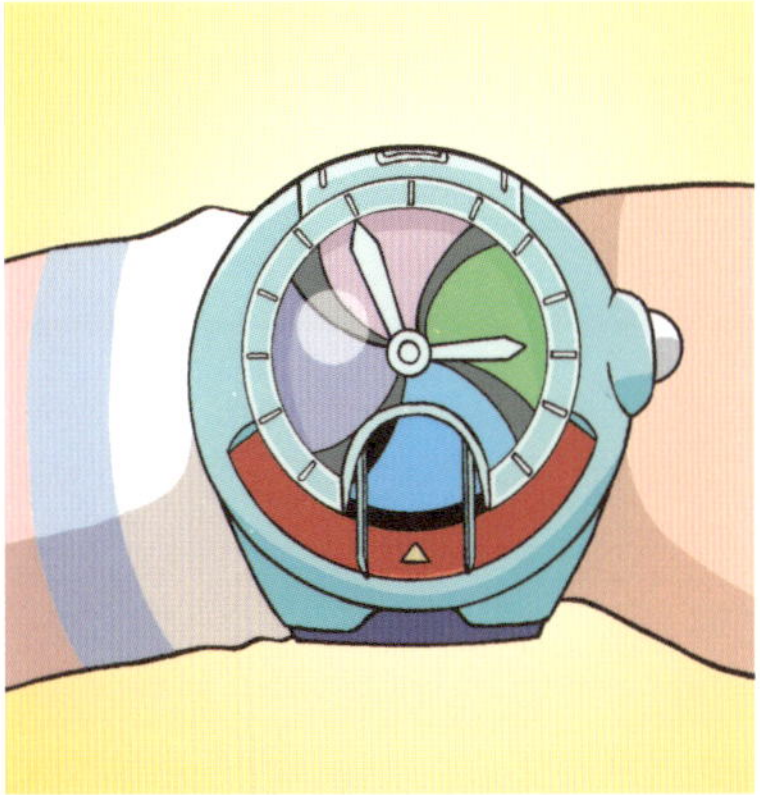

人間《にんげん》と妖怪《ようかい》が通《つう》じ合《あ》えるウォッチと聞《き》いても、興味《きょうみ》が持《も》てないイナホちゃんにおこるUSA《うさ》ピョンでしたが、イナホちゃんにメダルを手《て》わたしました。

そしてUSA《うさ》ピョンは、自分《じぶん》を宇宙人《うちゅうじん》と思《おも》いこませてイナホちゃんに協力《きょうりょく》させようと「妖怪《ようかい》ウォッチ」を買《か》わせたこと、日本《にっぽん》の和風《わふう》の妖怪《ようかい》ではなく、USA《ユーエスエー》生《う》まれのメリケン妖怪《ようかい》だということを話《はな》し始《はじ》めました。やっと少《すこ》し興味《きょうみ》を示《しめ》すようになったイナホちゃんに、USA《うさ》ピョンは、ある人物《じんぶつ》をいっしょに探《さが》してほしいとお願《ねが》いしました。

それはSF《エスエフ》大好《だいす》きなイナホちゃんなら、必《かなら》ず興味《きょうみ》を持《も》つはずの宇宙《うちゅう》に深《ふか》く関係《かんけい》するおどろくべき人物《じんぶつ》なのだそうです。

「その人物《じんぶつ》とは…、宇宙工学分野《うちゅうこうがくぶんや》の第一人者《だいいちにんしゃ》で、ジョンソン宇宙《うちゅう》センターの宇宙工学研究《うちゅうこうがくけんきゅう》の最高責任者《さいこうせきにんしゃ》、ヒューリー博士《はかせ》ダニー！」

USA《うさ》ピョンは、自《じ》まん気《げ》に胸《むね》をはって熱《あつ》く語《かた》りました。

でもイナホちゃんはまんがを読《よ》んでいて聞《き》いていません。

「まんが読《よ》んでんじゃないダニーっ！」

おこるUSA《うさ》ピョン。

「でも、そんなえらい人《ひと》がなんで、この町《まち》にいるの？」

「それには深《ふか》い事情《じじょう》があるダニ…」

しかし、またまんがを読《よ》むイナホちゃん。

するとUSA《うさ》ピョンは、顔《かお》が黒《くろ》いけむりにつつまれて、赤《あか》く細《ほそ》い目《め》になるブチ切《ぎ》れ状態《じょうたい》、ベイダーモードに変身《へんしん》！　そしてイナホちゃんに向《む》かってじゅうを打《う》ちこみました。

あせったイナホちゃんはUSA《うさ》ピョンの昔話《むかしばなし》を聞《き》くことにしました。

「ウサギ小屋《ごや》にまぎれこんでしまったミーは、だれにも相手《あいて》にしてもらえなかったダニ。そんなとき、ミーをヒューリー博士《はかせ》が救《すく》ってくれたニ」

「チビ、おまえにはかがやかしい未来《みらい》が待《ま》っているぞ」

博士《はかせ》の言葉《ことば》を思《おも》い出《だ》すUSA《うさ》ピョン。そしてUSA《うさ》ピョンは博士《はかせ》とともに、宇宙《うちゅう》センターの研究室《けんきゅうしつ》へ行《い》くことに。

「ようするに宇宙開発用《うちゅうかいはつよう》の実験動物《じっけんどうぶつ》に選《えら》ばれたってわけね」

「ちがうダニ、博士《はかせ》はミーの親友《しんゆう》ダニ！」

イナホちゃんの言葉《ことば》に、ムキになって
否定《ひてい》するUSA《うさ》ピョンでしたが、さらに
話《はなし》を続《つづ》けます。
「そんなある日《ひ》、エンジンの実験《じっけん》で
ロケットに乗《の》ったミーはエンジン音《おん》に
おどろいて、暴《あば》れてしまったニ。
そしておしてはいけないボタンにふれて
エンジンがばく発《はつ》してしまったダニ。
そしてミーは死《し》んで妖怪《ようかい》になったダニ」
そう説明《せつめい》するUSA《うさ》ピョンに
「それで、なんで博士《はかせ》が日本《にっぽん》に？」
問《と》いかけるイナホちゃん。

「ロケットばく発《はつ》の責任《せきにん》をとって博士《はかせ》は研究室《けんきゅうしつ》を出《で》ていったダニ。博士《はかせ》のあとを追《お》って見失《みうしな》ったけど、ジャポン（※日本《にっぽん》のこと）に行《い》ったというウワサを聞《き》いてやってきたダニ。また博士《はかせ》に会《あ》いたいダニ。謝《あやま》りたいダニ。だからジャポンの妖怪《ようかい》の情報《じょうほう》もうを使《つか》って探《さが》すダニ。だけど…ミーは、ともだちをつくるのが得意《とくい》じゃないダニ。ユーに協力《きょうりょく》してほしいダニ！」

「私《わたし》にはムーリー」

イナホちゃんはやる気《き》ゼロです。そこでUSA《うさ》ピョンがイナホちゃんが買《か》いそこねたレアグッズをチラつかせてみました。

「やるよ！」

これでイナホちゃんとUSA《うさ》ピョンは、ヒューリー博士《はかせ》を探《さが》すことになりました。

妖怪《ようかい》ウォッチの光《ひかり》を当《あ》てながら、イナホちゃんとUSA《うさ》ピョンは町中《まちじゅう》を歩《ある》き回《まわ》りました。

そんな中《なか》、公園《こうえん》で小《ちい》さな老人《ろうじん》を見《み》かけました。

「妖怪《ようかい》を探《さが》すより、町《まち》の長老《ちょうろう》っぽい人《ひと》に聞《き》いたほうが早《はや》いかも！」

イナホちゃんが声《こえ》をかけると、なんとその老人《ろうじん》は妖怪《ようかい》で、かたにバクロ婆《ばあ》を乗《の》せた、ひも爺《じい》だったのです。

そして二人《ふたり》は協力《きょうりょく》してくれることになり、通《とお》りかかった外国人《がいこくじん》ばかりにバクロ婆《ばあ》がとりつき、ついに博士《はかせ》の情報《じょうほう》を得《え》たのです。

ヒューリー博士《はかせ》はさくらニュータウンの総《そう》合病院《ごうびょういん》に入院《にゅういん》していると聞《き》き、USA《うさ》ピョンとイナホちゃんは行《い》ってみることにしました。

病室《びょうしつ》でねていたのは博士《はかせ》にまちがいありませんでした。USA《うさ》ピョンは感動《かんどう》しています。するとお見《み》まいに来《き》た研究員《けんきゅういん》と博士《はかせ》の会話《かいわ》が聞《き》こえてきました。

「実験《じっけん》の失敗《しっぱい》は博士《はかせ》の責任《せきにん》ではありません。開発《かいはつ》まであと少《すこ》しであきらめるんですか？」

「帰《かえ》ってくれ！　私《わたし》の力《ちから》はここまでだ…」

すっかりやる気《き》を失《うしな》っている博士《はかせ》を見《み》て、USA《うさ》ピョンはとても悲《かな》しくなりました。

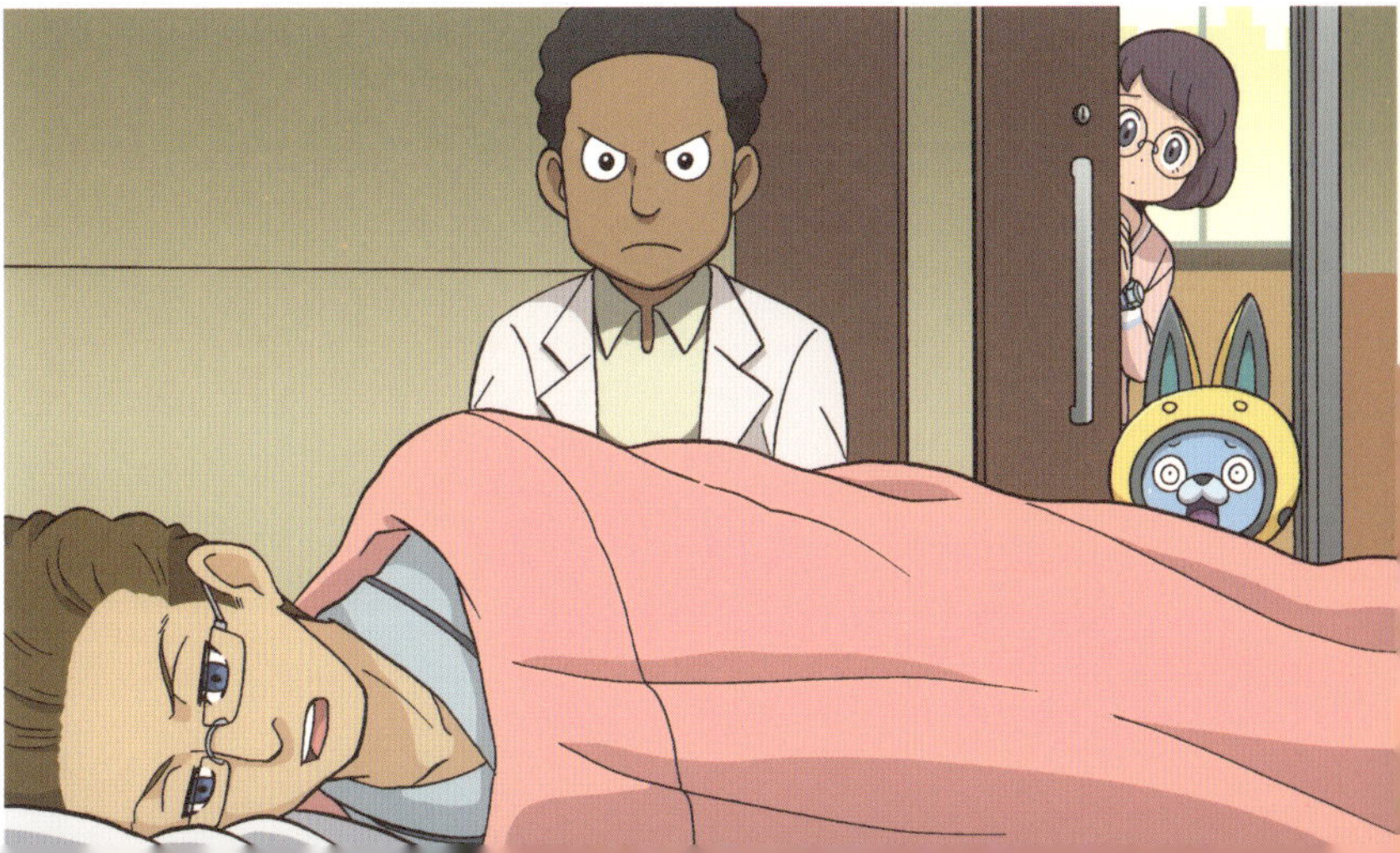

二人《ふたり》が帰《かえ》った後《あと》に、まだ会話《かいわ》は続《つづ》いていました。
「ではなぜ、博士《はかせ》は日本《にっぽん》に来《き》たのですか？
ロケット開発《かいはつ》の問題《もんだい》を解決《かいけつ》する技術《ぎじゅつ》が、ここには
あると聞《き》いたからではないのですか？」
博士《はかせ》は本当《ほんとう》にロケットをあきらめたのでしょうか？
河原《かわら》でＵ《う》Ｓ《さ》Ａピョンは落《お》ちこんでいました。
「博士《はかせ》はもう夢《ゆめ》をわすれてしまったダニ……」
「だったらさ、Ｕ《う》Ｓ《さ》Ａピョンが作《つく》れば？
ロケットのことくわしかったじゃない！」
イナホちゃんの言葉《ことば》にＵ《う》Ｓ《さ》Ａピョンはビックリ。
「博士《はかせ》の研究《けんきゅう》をずっと見《み》てきたダニ。
少《すこ》しならわかるダニ…そうダニ！」

USA《うさ》ピョンは力強《ちからづよ》く立《た》ち上《あ》がり、博士《はかせ》の病院《びょういん》へと向《む》かいました。

病室《びょうしつ》にかけこんだUSA《うさ》ピョンは、博士《はかせ》をじっと見《み》つめました。

「ミーが博士《はかせ》のロケットを作《つく》るダニ！」

するとテーブルに置《お》いてあったロケットの模型《もけい》がゆかに落《お》ちました。博士《はかせ》はそれを大事《だいじ》そうに拾《ひろ》い、つぶやきました。

「チビ…」

USA《うさ》ピョンはほろりとなみだをこぼし、

「博士《はかせ》に夢《ゆめ》を思《おも》い出《だ》させてやるダニ！」

ロケット作《づく》りを強《つよ》く決心《けっしん》したのでした。

7 USA《うさ》ピョン、ロケットを作《つく》るダニー！

ロケットのばく発《はつ》で命《いのち》を失《うしな》って、妖怪《ようかい》となったUSA《うさ》ピョン。

しかし妖怪《ようかい》になってしまったのにもかかわらず、自分《じぶん》をとてもかわいがってくれた、ロケット開発《かいはつ》者《しゃ》のヒューリー博士《はかせ》を忘《わす》れることができませんでした。

そんな中《なか》、博士《はかせ》は事故《じこ》の責任《せきにん》をとって研究所《けんきゅうじょ》をやめ、行方不明《ゆくえふめい》になったのです。博士《はかせ》が日本《にっぽん》にいると聞《き》いたＵＳＡ《うさ》ピョンは、ＳＦ《エスエフ》好《ず》きの未空《みそら》イナホちゃんに「宇宙《うちゅう》ウォッチ」として、「妖怪《ようかい》ウォッチＵ《ユー》プロトタイプ」をわたして、博士探《はかせさが》しを手伝《てつだ》ってもらうことにしました。

イナホちゃんやひも爺《じい》、バクロ婆《ばあ》の協力《きょうりょく》もあって、ＵＳＡ《うさ》ピョンは博士《はかせ》を見《み》つけることができました。

しかし博士《はかせ》は自分《じぶん》の夢《ゆめ》であったロケット開発《かいはつ》をあきらめてしまったようで、体《からだ》をこわして日本《にっぽん》の病院《びょういん》に入院《にゅういん》していました。

夢《ゆめ》を失《うしな》った博士《はかせ》を見《み》て悲《かな》しんだＵＳＡ《うさ》ピョンでしたが、イナホちゃんのアドバイスから、博士《はかせ》に再《ふたた》び夢《ゆめ》を持《も》ってもらおうと、ロケットを作《つく》ることを決心《けっしん》したのでした。

そしてＵＳＡ《うさ》ピョンはイナホちゃんの部屋《へや》にすみついてしまいました。

そんなある日《ひ》のことです。U《う》S《さ》Aピョン
が、イナホちゃんを森《もり》へとさそいました。
「妖怪通《ようかいつう》はんで、届《とど》けてもらったダニ。
週刊《しゅうかん》チビチビクミタテール・ロケット編《へん》の
創刊号《そうかんごう》ダニ！　創刊号《そうかんごう》、2、3号《ごう》…と部品《ぶひん》
が送《おく》られてきて、最後《さいご》にでっかいロケット
が完成《かんせい》するダニ！」
「はやってるやつだよね。お城《しろ》とか
作《つく》るやつ。ってことは模型《もけい》でしょ？」
首《くび》をかしげるイナホに、
「妖怪《ようかい》の世界《せかい》の雑誌《ざっし》はちがうんダニ！」
U《う》S《さ》Aピョンは胸《むね》を張《は》って言《い》いました。

「組《く》み上《あ》げたモノに妖怪《ようかい》の力《ちから》を組《く》みこむと、飛《と》ぶようになるんダニ！」

USA《うさ》ピョンが説明書《せつめいしょ》を読《よ》み始《はじ》めました。

「エンジンの力《ちから》を生《う》み出《だ》すには、熱《あつ》い妖怪《ようかい》メラメライオンが必要《ひつよう》ダニ！」

するといっしょに説明書《せつめいしょ》を読《よ》んでいたイナホちゃんがさけびました。

「メラメライオンは付属《ふぞく》していません!?」

「そうダニ！　自分《じぶん》たちで見《み》つけるダニ！」

USA《うさ》ピョンは探《さが》す気満《きまん》まんです。

「メラメライオンは不必要《ふひつよう》なまでのやる気《き》を起《お》こさせる熱《あつ》い妖怪《ようかい》ダニ！」

「つまり、やる気満《きまん》まんで燃《も》えている人《ひと》の近《ちか》くにいる可能性《かのうせい》が高《たか》いってことか」

イナホちゃんがボソっとつぶやきました。

そこで二人《ふたり》は、クイズで推理《すいり》することにしました。

「妖怪探《ようかいさが》しクーイズ！」

「メラメラ燃《も》えている人《ひと》がいそうな、熱《あつ》い場所《ばしょ》は？」

USA《うさ》ピョンがさけび、問題《もんだい》を読《よ》むイナホちゃん。

「1番《ばん》、海《うみ》。2番《ばん》、校庭《こうてい》。3番《ばん》、テニスコート。4番《ばん》、ライブ会場《かいじょう》」

「わかったダニ！　燃《も》えている人《ひと》は周《まわ》りの人《ひと》を熱《あつ》く応《おう》えんするダニ！　3番《ばん》のテニスコートで決《き》まりダニ！」

熱《あつ》く答《こた》えを言《い》うUSA《うさ》ピョンにイナホちゃんはピンときませんでした。

　するとそこへ、工事《こうじ》のおじさんがトラックをゆう導《どう》しながら、後《うし》ろ向《む》きで歩《ある》いてきました。

バック オーライ あみだ

後《うし》ろ向《む》きでトラックをゆう導《どう》するおじさんのあみだだよ。１〜４番《ばん》のうち、１つだけが、おじさんがUSA《うさ》ピョンに近《ちか》づいてオナラをしちゃう道《みち》だよ。くさい思《おも》いをする道《みち》はど〜れ？

(答《こた》えは 111 ページ)

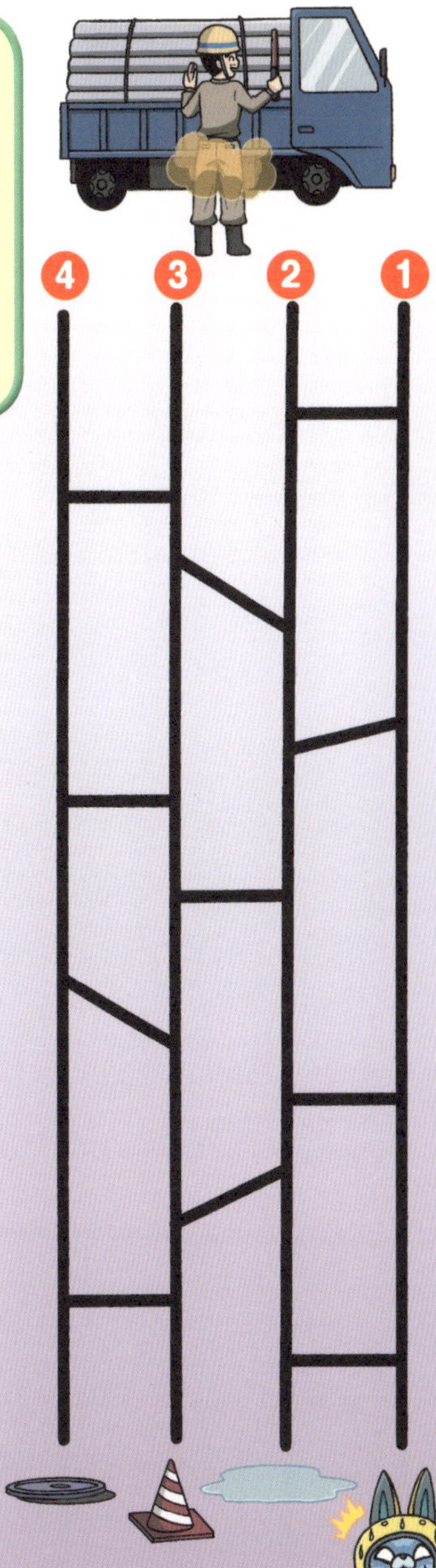

「オーライ！　オーライ！　ぶっっ‼」

なんとおじさんがオナラをしたのです。

するとイナホちゃんが、ブツブツとつぶやき始《はじ》めました。

「オーライ…ぶっ、オーライぶっ！

ライブ、正解《せいかい》はライブ会場《かいじょう》だよ！」

おならず者《もの》

ダジャレから正解《せいかい》を導《みち》びいたイナホちゃんは、USA《うさ》ピョンとともにニャーKB《ケービー》のライブ会場《かいじょう》へ行《い》くことにしました。

歌《うた》うニャーKB《ケービー》に、会場《かいじょう》は熱《あつ》く燃《も》えています。

イナホちゃんは早速《さっそく》妖怪《ようかい》ウォッチであたりを照《て》らしてみると、妖怪《ようかい》がいたのです。

「ニャ〜〜‼　さ・い・こ・うニャ〜ン‼」

ジバニャンが盛《も》り上《あ》がっていました。

「ああいう妖怪《ようかい》もいるんだね」

「レアケースだと思《おも》うダニ…」

あきれるイナホとUSA《うさ》ピョン。

すると後《うし》ろから声《こえ》がしました。

「ちがう、ちがう!! そうじゃない!」

ふり返《かえ》ってみると、おじさんが周《まわ》りのファンたちに熱《あつ》く語《かた》っていました。

「おまえたち、もっと自分《じぶん》を出《だ》そうよ! 心《こころ》のおくから応《おう》えんしようよ!!」

すごい勢《いきお》いで語《かた》るおじさんに、USA《うさ》ピョンはうんざりとしています。

「暑苦《あつくる》しいヤツダニ…」

USA《うさ》ピョンがつぶやくと、

「暑苦《あつくる》しい…ほ!」

イナホちゃんがその言葉《ことば》に、何《なに》かひらめいたようです。そして歌《うた》に合《あ》わせておどりまくるおじさんに向《む》かって、イナホちゃんは妖怪《ようかい》ウォッチの光《ひかり》を当《あ》てました。

するとそこにはメラメライオンの姿《すがた》が‼

「いた〜！」

「メラっ？」

「ロケット作《づく》りに力《ちから》を貸《か》してほしいダニ！」

「メダルをいただきたいんです！」

二人《ふたり》は早速《さっそく》メラメライオンにお願《ねが》いしました。

「メラ⁉（なんで⁉）」

「くれるみたい！　ありがとうございます」

カンちがいして喜《よろこ》ぶイナホちゃんに、メラメライオンはいらついています。

「メラメラメーラ！（あげるとは言《い》っていない！）

メーラメラメ〜ラ…（妖怪《ようかい》なのにオレの言葉《ことば》がわからないのか…）」

海外出身《かいがいしゅっしん》のUSA《うさ》ピョンには、メラメラ言葉《ことば》がわかりませんでした。

しかしUSA《うさ》ピョンは、指《ゆび》でメダルの形《かたち》を作《つく》り、熱《あつ》く話《はな》しかけました。

「メラメ〜ラダニ！」

USA《うさ》ピョンの必死《ひっし》な姿《すがた》に、イナホちゃんの説明《せつめい》にも力《ちから》が入《はい》ります。

「メラメラメ〜ラ！　メダルメ〜ラ」

メラメライオンはいらついています。

「博士《はかせ》のためにロケットを作《つく》りたいダニ！　博士《はかせ》の夢《ゆめ》がミーのメラメーラのエンジンダニ!!

ロケットドカーン、メラドッカーン」

USA《うさ》ピョンはさらに必死《ひっし》です。

「…メラメーラ…！（…熱《あつ》いじゃないか…！）

メラ！　メーラメラメラ！

（エンジンはオレが燃《も》えたぎらせよう！）」

USA《うさ》ピョンとイナホちゃんの熱《あつ》さが、ようやくメラメライオンの心《こころ》にひびいたようです。

「サンキューメラーマッチダニ！」

「メラがとうございます！」

　次《つぎ》の日《ひ》、森《もり》の中《なか》にロケットの組《く》み立《た》てを再開《さいかい》するUSA《うさ》ピョンとイナホちゃんの姿《すがた》がありました。そしてイナホちゃんが妖怪《ようかい》ウォッチにメダルをセットしました。USA《うさ》ピョンはイナホちゃんを見守《みまも》っています。

「妖怪《ようかい》メダルセットオン！」

メラメライオンが呼《よ》び出《だ》されました。

すぐにメラメラライオンがロケット
エンジンに気《き》をため始《はじ》めました。
「メラメラ…メラメ〜〜ラ〜〜!!」
するとエンジンがパッと発光《はっこう》して、
勢《いきお》いよく火《ひ》をふいたのです。
「やったダニ〜〜〜!!」
イナホちゃんとUSA《うさ》ピョンは
手《て》を取《と》り合《あ》って喜《よろこ》びました。
「おーし、がんばって完成《かんせい》させよう」
「ダニ〜〜!!」
力強《ちからづよ》く動《うご》くエンジンを前《まえ》にして、USA《うさ》ピョンとイナホ
ちゃんは、さらにやる気《き》をアップさせたのでした。

アイテム解説《かいせつ》

妖怪《ようかい》ウォッチU《ユー》 プロトタイプ

U《う》S《さ》Aピョンがイナホにわたしたものは、「妖怪《ようかい》ウォッチ」「妖怪《ようかい》ウォッチ零式《ゼロしき》」に続《つづ》き、3世代目《せだいめ》にあたる。
まだ開発《かいはつ》と中《ちゅう》のもので売《う》られておらず、どうやってU《う》S《さ》Aピョンが手《て》に入《い》れたのかは、なぞだ。これまでに出《で》たすべてのメダルから妖怪《ようかい》が呼《よ》び出《だ》せるスグレものだ。

かっこいい新型《しんがた》デザイン。しょうかんソングも新《あたら》しくなった。さらに、おどろきの進化《しんか》があるらしい!?

妖怪解説《ようかいかいせつ》

USA《うさ》ピョン

USA《ユーエスエー》からやってきたメリケン妖《よう》怪《かい》。せまいところが落《お》ち着《つ》くらしい。おこると顔《かお》が真《ま》っ黒《くろ》なけむりに包《つつ》まれ、じゅうをうちまくる。

未空《みそら》イナホ

ＳＦ《エスエフ》が大好《だいす》きでちょっとオタクな女《おんな》の子《こ》。テレビの見《み》すぎで、いろんなものから影響《えいきょう》を受《う》けやすい。学校《がっこう》では引《ひ》っ込《こ》み思案《しあん》で、なんとなく学校《がっこう》のノリに 乗《の》り切《き》れていない。

遊《あそ》び クイズ の答《こた》え

11ページ

③おとひめ

14ページ

24ページ

33ページ

44ページ

48ページ

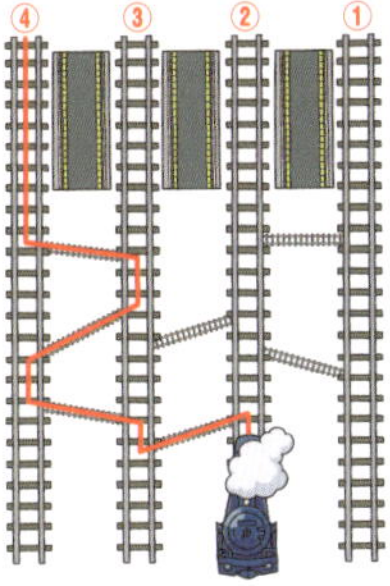

55ページ

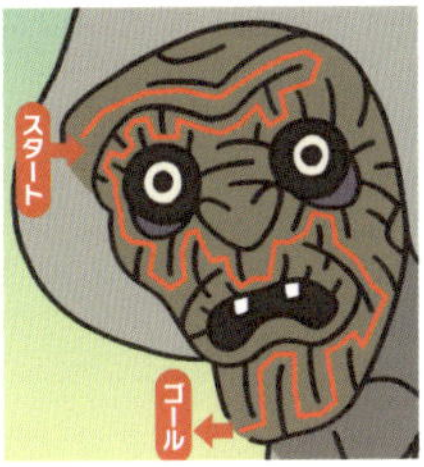

61ページ

④	③	②	①
			つ
	つ		ち
	ま	め	の
あ	み	ら	こ
か	ぐ	め	ぱ
お	い	ら	ん
に	の	い	だ
	す	お	
	け	ん	

70ページ

①

76ページ

「すいかはやすいか?」

101ページ

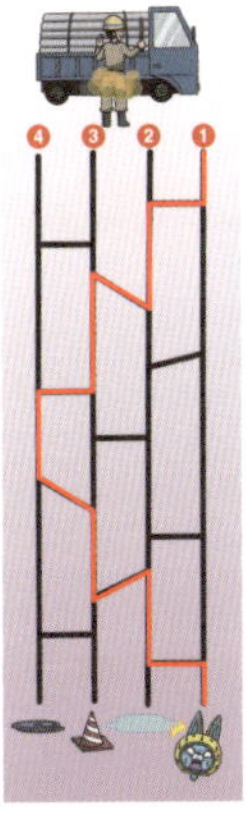

BIG KOROTAN

イラストストーリー 妖《よう》怪《かい》ウォッチ®

〜新妖怪登場!の巻〜

（監修）レベルファイブ

（絵）あさだみほ　福田幸江（文）

（デザイン）斉藤恭子

（制作企画）太田真由美

（制作）遠山礼子

（資材）斉藤陽子

（宣伝）綾部千恵

（販売）筆谷利佳子

（編集）明石修一（『小学二年生』編集部）

＊この本は『小学二年生』2015 年 4 月号〜 2015 年 9 月号の
連載を元に加筆・再構成したものです。

2015 年 8 月 11 日　初版第 1 刷発行

発行所●小学館
〒 101-8001　東京都千代田区一ツ橋 2-3-1
発行人●松井 聡

印刷所●共同印刷株式会社
製本所●株式会社若林製本工場
Printed in Japan

ISBN978-4-09-259143-1